TROIS NUITS
DE NAPOLÉON

PAR GUSTAVE DROUINEAU.

PARIS
CHEZ AMBROISE DUPONT ET Cie, LIBRAIRES,
RUE VIVIENNE, N. 16,
ET CHEZ GIRARD, RUE MAZARINE, N. 21.
1826
IMPRIMERIE DE J. TASTU.

TROIS NUITS

DE NAPOLÉON.

Par le même auteur :

RIENZI, tragédie en cinq actes ; chez les mêmes libraires.*. .   4 fr.

(C)

IMPRIMERIE DE J. TASTU.

TROIS NUITS

DE NAPOLÉON

PAR GUSTAVE DROUINEAU.

Mihi nec beneficio, nec injuriâ cogniti.

Tac., lib. I, Hist.

PARIS

CHEZ AMBROISE DUPONT ET Cie, LIBRAIRES,
RUE VIVIENNE, N. 16,
ET CHEZ GIRARD, RUE MAZARINE, N. 22.

M DCCC XXVI.

PREMIÈRE NUIT.

✳

LA DÉFAITE.

Le 30 mars 1814.

Le canon gronde, l'air descend appesanti ;
Des guerriers jusqu'à moi les voix ont retenti....
Le flux et le reflux de ce bruit homicide,
De ton destin, ô France ! en ce moment décide.

Monarque plébéien, armé de tes exploits,
Tu montas au pouvoir sur la tête des rois :
Méprisant les mortels du haut de ta puissance,
Tu ne crus, en régnant, qu'à leur obéissance ;

1*

Tu dis en ton orgueil : « Je domine la loi,
» L'Europe est à la France, et la France est à moi. »
Devant la Liberté ton ame intimidée,
N'y voulant voir jamais qu'un grand mot sans idée,
Croyait la remplacer avec des hochets d'or ;
Tu planais sur le monde en ton royal essor,
De ramper à tes pieds tu créas l'habitude :
Recueille enfin les fruits de notre servitude.
S'abattant au Kremlin, près de la croix d'Ivan,
Ton aigle épouvanta Londres et le Divan ;
L'Europe était soumise.... et, sorti de l'Ukraine,
Le Cosaque aujourd'hui campe aux bords de la Seine.
Mais de la liberté déclare-toi l'ami,
Les Français te rendront Jemmapes et Valmy.
Au nom des droits sacrés, que nous irons défendre,
Parle-nous de mourir, nous saurons te comprendre,
Et tous ces rois, si fiers de leurs succès payés,
Dans leurs États bientôt s'enfuiront effrayés.

Les clartés du soleil au couchant se retirent,
Du combat ralenti les derniers bruits expirent ;
Dans un calme effrayant Paris semble rentré,
Et la lune, brillante en un ciel azuré,
Éclaire les vallons où la Seine serpente.

Assis autour des feux qu'un bois vert alimente,

De vieux soldats français, craignant de se parler,
Regardent tristement la flamme vaciller ;
Des pains sont auprès d'eux, et leur faim les néglige,
Les braves ! à Fleurus, aux rives de l'Adige,
Dans les champs de Wagram, au plateau d'Iéna,
De stigmates brillans la gloire les orna ;
Les coups qu'ils ont portés sont inscrits dans l'histoire ;
Sous un bonnet poudreux, brûlé par la victoire,
Leur front chauve et bruni commande le respect,
Et le regard ému se baisse à leur aspect [1].

Debout sur le chemin, qu'un seul canon protège,
Le front haut, cachant mal la douleur qui l'assiége,
Un d'eux veille attentif, et, rêvant des combats,
Fatigue le fusil qui résonne à son bras.
« Quel est ce bruit lointain ? Aux armes ! On s'avance ;
Un coursier haletant bondit, vers nous s'élance.
Qui vive ? a-t-il crié. — France ! Napoléon [2] ! »

D'allégresse et d'orgueil tressaillant à ce nom,
Les guerriers en tumulte alignent leur phalange.
C'est lui ! ses vêtemens encor souillés de fange
Attestent les efforts de ses derniers combats ;
Son œil peint sa pensée et ne la trahit pas ;
La méditation a pâli ce visage,
Qui des soldats charmés gouverne le courage ;

Contre des souverains, dont il était l'appui,
Il a joué son trône, il est calme.... C'est lui !

« Je viens à vous, dit-il, le cœur plein d'espérance ;
Si je suis secondé, je sauverai la France ;
Frappons du dernier coup mes rivaux effrayés,
Que du nombre des rois ma justice eût rayés,
Si je n'eusse écouté que le droit des conquêtes.
Des colonnes enfin Marmont retient les têtes,
Et moi, vers Saint-Dizier tournant soudain mes pas,
J'ai surpris leurs caissons et livré deux combats.
Sans vivres, l'ennemi, qu'en sa marche j'observe,
S'est battu séparé de ses parcs de réserve ;
Le salpêtre épuisé manquant à sa fureur[3],
Par ses flancs découverts j'entre avec la terreur.
Quand mon nom va tonner aux rives de la Seine,
Foudroyés par Montmartre, écrasés sous Vincenne,
Les alliés fuiront, et des Vosges au Rhin
Se lèvent devant eux des barrières d'airain ;
Tout Français est soldat, tout soldat les affronte ;
Ils n'ont conquis enfin que la mort ou la honte. »

Un bruit sourd de chevaux au galop s'avançant,
Frappe le bataillon dans l'ombre frémissant ;
On s'apprête.... De loin des casques étincellent :
Ils sont Français !... Ces cris dans nos rangs les appellent.

« Approchez, Béliard ! — Sire, tout est perdu ;
Nous sommes repoussés, et Paris est vendu.
— Vendu ! — Par un traité. — Qui faut-il que j'accuse ?
Qui l'a permis ? — Joseph ! — Et Trévise, Raguse !
— Sire, des ennemis ils arrêtaient le front,
Raguse à Romainville, et Trévise à Chaumont ;
Deux cent mille étrangers s'avancent sur la ville ;
Ils ont fui devant nous.... Nous étions quinze mille.
Le nombre sous Paris refoule vos guerriers ;
Les éclairs des fusils partent de nos foyers,
Qui depuis Charles sept, d'auguste renommée,
Du camp des ennemis n'ont point vu la fumée.
Mais, privés de secours, trahis de tous côtés,
Vos soldats, roidissant leurs bras ensanglantés,
Sans force, mais debout, grinçant les dents de rage,
Vous invoquaient encor, décimés par l'orage.
S'écriait-on : Il vient ! et soudain ranimés,
Ils relèvent leurs fronts d'espérance enflammés,
Recherchent vainement les dernières cartouches
Dont le salpêtre amer avait noirci leurs bouches,
Croisent la baïonnette, et, chargeant à grands pas,
Dans les rangs ennemis font rentrer le trépas.
Les pieds nus, affaibli par la faim qu'il endure,
Ce guerrier, en frappant, expire sans blessure ;
Un autre, vieux debris du bataillon sacré,
Plonge dans sa poitrine un fer désespéré ;

Il meurt, il n'a pas dû survivre à la patrie.
Du combat par degré s'apaise la furie ;
On s'étonne ;.... on apprend que Paris s'est rendu.
Laissant plus d'un ami sur la terre étendu,
Nos soldats tristement se traînent, et l'armée
Traverse dans Paris une foule alarmée,
Morne, dans la stupeur, incapable d'effort,
Qui garde en s'écoulant un silence de mort.

» Le peuple !... — A ces combats il court comme au théâtre,
Du dernier qui triomphe il se montre idolâtre ;
Le peuple aux alliés prodiguait ses mépris ;
Que le fer à la main ils entrent dans Paris,
Il va, prêt à souffrir, tournant sa crainte en joie,
Applaudir l'ennemi dont il devient la proie ;
Décorer lâchement ses fenêtres de fleurs,
Et siffler les vaincus pour plaire à ses vainqueurs.
Non ! il faut que demain, trompant cette allégresse,
A vanter mes exploits je force son ivresse.
En avant ! A Paris ! — Je cède à mon effroi ;
Vous n'avez pas d'armée. — Elle est derrière moi.
— Dans les murs envahis de cette ville immense,
Si vous apparaissez, le carnage commence,
Et les Russes, entrant des torches à la main,
Nous feront expier les flammes du Kremlin ;
Un Sarmate, en riant, attacher l'incendie

A ce Louvre, gardien des œuvres du génie,
Arracher la Colonne à ses durs fondemens!
L'Anglais battre des mains sur nos débris fumans!
Ah! Sire, épargnez-nous cet excès de misère. »

Napoléon se tait : mais son œil est sévère.
Il s'éloigne, on le suit. Devant un humble hôtel
Sans cortége descend l'audacieux mortel,
Qui dix ans éleva l'ascendant de la France
Aussi haut que de Rome ait monté la puissance.
Vicence près de lui, courtisan du malheur,
Par un noble respect lui cache sa douleur.

« Si la reconnaissance aux grands est importune,
J'ai là, Vicence, une ame à vaincre la fortune ;
C'est le destin des rois de faire des ingrats....
O malheureuse France! un jour tu me plaindras....
Ils sont las de combattre... O les lâches! les traitres!...
Eh bien! pour les punir, laissons-les à leurs maitres....
Ils me regretteront.... ; ils ne m'ont pas compris. »

Cependant les bivouacs * de nos vainqueurs surpris,
Suspendus aux coteaux dans la plaine descendent,
Comme un vaste incendie autour des bois s'étendent,
Et nous pressent partout de longs replis de feux ;
La Seine nous protége en nous séparant d'eux ⁴,

* On prononce bivacs.

Tandis que presque seul, ceint d'une nuit profonde,
Le héros dont les pas épouvantaient le monde,
Livré par son génie et par la trahison,
Attache un regard d'aigle au brillant horizon;
Il mesure l'espace interdit à sa foudre.
L'armée est loin encore! Où marcher? que résoudre?

Qu'as-tu trouvé, guerrier, au sommet des grandeurs?
Un trône environné d'insipides splendeurs,
Des flots de courtisans, de longues insomnies,
D'habiles trahisons sous la pourpre impunies,
Quelques sages conseils rejetés par l'orgueil,
Des victoires, l'exil, des remords, un cercueil.
Vingt peuples, aspirant à l'oubli de leurs peines,
Tendaient vers toi les bras, tu leur donnas des chaînes.
Mais vainement du peuple indigné de ta loi
Tu repousses l'essor.....; il passera sur toi.

Il écoute immobile, et le vent lui renvoie
Des Germains enivrés les rires et la joie;
A leurs cris de victoire il sourit de pitié.
Dès long-temps ses rivaux ont de loin épié
Si son ame cédait au pouvoir de l'injure :
Ils n'ont point eu l'honneur d'obtenir un murmure.
Par son dernier revers ils l'ont cru terrassé;
Mais sur son cœur d'airain le malheur a glissé.

Il s'occupe de vaincre, il incline sa tête,
De Paris en idée il poursuit la conquête,
Et l'univers connait par quels retours soudains
En suivant son étoile il change les destins.

« Béliard, viens, dit-il, Napoléon t'estime.
Ta main!.... Les alliés se creusent un abîme :
Dans leurs succès d'un jour qu'ils soient ensevelis!
Malgré nous tôt ou tard nos destins sont remplis.
Que sous Fontainebleau se range mon armée.
Dans Paris la victoire est enfin renfermée :
Elle m'attend; allons, par d'illustres efforts,
Chasser les ennemis qui fatiguent nos bords. »

Un geste solennel a suivi sa parole;
Son coursier mord le frein, hennit, s'élance et vole;
Ils plongent dans la nuit, et du galop lointain
J'écoute encor le bruit qui se perd incertain.

DEUXIÈME NUIT.

✽

LES ADIEUX.

Fontainebleau, 20 avril 1814.

L'œil fixé sur la carte, un compas à la main,
Les bras croisés, le front incliné, mais serein,
A l'éclat des flambeaux qui dans l'ombre rayonnent
Sur l'or de ces lambris, que des aigles couronnent,
Quand la garde au-dehors pleure sur nos revers,
Un homme veut encor ressaisir l'univers.
Cet homme, qui lassa les cent voix de l'histoire,
Sur un trône sanglant fut porté par la gloire,
Il croyait en lui-même, adorait ses désirs,
Le glaive était sa loi, les combats ses plaisirs ;

Il défia quinze ans la foudre vengeresse,
Et quinze ans la victoire entretint son ivresse.
Sa voix dans ses guerriers titrés par leurs exploits,
A l'Europe tremblante allait chercher des rois.
Médiateur du monde, il eût pu toujours l'être,
Si de son ame ardente il eût été le maître :
Mais sur la foi du sort qui préside à ses jours,
Comme il vainquit sans cesse il crut vaincre toujours,
Et son vaste génie, ivre du rang suprême,
Ayant dévoré tout, le dévora lui-même.

Si de la liberté consulaire soldat,
Des peuples et des rois terminant le combat,
Dans Vienne, dans Madrid, aux bords de la Baltique,
Il eût porté les lois de notre république ;
Si sa main eût orné d'impérissables fleurs
Le coq aux ailes d'or, l'écharpe aux trois couleurs ;
Si, guerrier-citoyen et chef d'un peuple libre,
Il eût, affranchissant l'Eurotas et le Tibre,
Chassé les Ottomans de l'Hellespont soumis
Jusqu'au fond des marais qui nous les ont vomis,
Répondez, vieux débris d'Athènes et de Rome,
Qu'eût produit l'univers d'aussi grand que cet homme ?
Mais d'un sceptre de fer le traître arma ses mains ;
L'orgueil le fit descendre au rang des souverains :
La France se livrait, il voulut des esclaves ;

On disputa l'honneur de porter ses entraves;
Sous l'or et les cordons il cachait ses flatteurs;
Les plus lâches d'entr'eux rampèrent sénateurs;
Et sur le trône, écueil de sa gloire punie,
Il monta criminel à force de génie.
Irrité d'un obstacle, et défiant le sort,
Un jour il refoula le Midi sur le Nord;
Il fut vaincu. De feux, de neiges enfermée....
Le ciel pouvait lui seul vaincre la grande-armée.

Cent peuples qu'il a vus se courber devant lui,
Unis par la terreur, l'insultent aujourd'hui.
Par de sanglans combats, miracles de vaillance,
Nos soldats pied à pied ont défendu la France:
Mais ralliant enfin ses immenses débris,
De défaite en défaite entraînés sur Paris,
L'étranger de ses murs, l'or à la main, s'empare;
Et le Louvre a frémi sous les pas d'un Tartare.

Pensif, environné d'un cercle de guerriers,
Napoléon s'écrie : « Amis, en nos foyers
Huit cent mille étrangers ont porté leur furie;
Leurs coups sont adressés au cœur de la patrie;
Levons-nous, ils fuiront! La victoire, en courroux,
Au pas de charge encor marchera devant nous.
Que de Fontainebleau nos aigles enflammées,

2

De foudres imprévus écrasent leurs armées;
Rejetons dans le Rhin leurs bataillons épais;
Présentons-leur la mort s'ils refusent la paix. »

Quand il agite ainsi les destins de la France,
Admis dans le conseil, un messager s'avance.
Il parlait.... Le héros, en l'écoutant, pâlit;
Son regard devient fixe. « O ciel! il me trahit!
Le croirai-je?.... L'ingrat! consommer ma ruine. »
Et sa tête à ces mots tombe sur sa poitrine.
« Si la France, dit-il, s'échappe de mes mains,
Guerriers, de l'Italie ouvrons-nous les chemins;
Marchons au Saint-Bernard; les Alpes me demandent;
Courons à des exploits que nos dangers commandent :
Arcole, Marengo, tout est là souvenir.
La gloire du passé répond de l'avenir....
Quoi! vous baissez les yeux!... Je comprends ce silence;
Je le vois, les combats lassent votre vaillance;
Vous voulez du repos, ayez en donc.... La paix
Vous garde des tourmens en vos brillans palais;
La paix moissonnera vos têtes condamnées,
Que le jeu des combats eût peut-être épargnées;
Fuyez dans ces palais lâchement regrettés.
Je ne suis pas vaincu, je suis trahi; sortez. »

Il est seul!... Non, il songe à sa terrible gloire,
Il écoute vivant les arrêts de l'histoire,

Il sourit à ces jours marqués par des succès,
Où son doigt promettait l'Italie aux Français,
Où, rappelant vers eux la piété proscrite,
Aux temples relevés il rendait le lévite,
D'un geste à ses soldats ordonnait des exploits,
Décrétait l'amnistie et discutait les lois.
Ici la Pyramide assiste à sa victoire,
Le soleil d'Austerlitz étincelle de gloire;
Là, l'airain du vaincu, conquis par la valeur,
Élève avec orgueil l'image du vainqueur;
Il trace des chemins où l'aigle solitaire
Dans les flancs des rochers allait bâtir son aire,
Et suit de ses regards son épouse et son fils,
Par mille cris d'amour dans Lutèce suivis.
Mais, étonné du sang dont il souilla l'empire,
Il gémit sur d'Enghien qui dans Vincenne expire,
Il compte ses soldats de l'Espagne admirés,
Sous des stylets vengeurs dans l'ombre massacrés;
Il erre dans Moscou que la flamme dévore.
Bords de la Bérésine, il veut vous fuir encore;
Elster, rejette-lui ces braves mutilés,
Par tes flots tout sanglans l'un sur l'autre roulés.
Guerriers, levez-vous tous, montrez-lui vos blessures;
Des frimas sur vos corps qu'il touche les injures;
Venez, qu'à votre exemple, apprenant à mourir,
Il souffre les tourmens qu'il vous a fait souffrir.

2*

A ce spectacle horrible il se trouble, il se lève,
Tourmente en frémissant la garde de son glaive,
Médite l'avenir, précipite ses pas,
Et pèse froidement sa vie ou son trépas.

« Ces ombres, se dit-il, que je vois m'apparaître,
M'appellent dans un monde où l'on revit peut-être....
Peut-être!.... Mot terrible, abime où la raison
S'égare sans trouver ni limites ni fond.
Vous reverrais-je enfin, orgueil de mes bannières,
Héroïque Desaix, Montébello, Bessières?
M'attendez-vous couchés sur des lits de drapeaux?
Goûterons-nous ensemble un éternel repos?
Répondez-moi, guerriers de mon illustre armée :
D'une essence de feu l'ame est-elle formée?
Est-elle impérissable? en puis-je disposer?
Oui! je suis las des jours, je vais me reposer.
J'ai tant souffert! mes maux ont passé la mesure.
Le ciel veut que je meure; il creuse ma blessure:
Elle saigne toujours; je brûle d'en guérir.
On n'est jamais vaincu lorsque l'on sait mourir. »

A sortir de la vie enfin il se décide.
Près de son cœur dormait un poison homicide [2],
Qui devait, secondant son terrible transport,
Par un sommeil glacé le conduire à la mort.

Il le prend, recueilli dans son affreuse joie,
Sourit, et dans sa bouche avec calme le broie;
Sur sa couche il s'étend, pâlit, ferme les yeux,
Et s'endort incertain de retrouver les cieux.
Mais, du poison sans doute apaisant la furie,
A de nouveaux tourmens Dieu réserva sa vie.
Il ne peut pas mourir, et c'est par la douleur
Que l'existence encor se révèle à son cœur;
En vain contre le mal il lutte avec courage,
Dans sa bouche entr'ouverte un cri se fait passage.
On accourt.... Le voilà le vainqueur de vingt rois,
Le voilà sans couleur, sans mouvement, sans voix!
Lisez-vous sur ce front que la sueur inonde
La sombre majesté sous qui trembla le monde?
Brillent-ils dans ces yeux par la douleur éteints,
Ces regards où des rois ont cherché leurs destins?
Quand il régnait au Louvre et commandait à Rome,
Vous en fîtes un dieu; voyez, il n'est qu'un homme.
Il ébranle sa couche, en proie à ses fureurs.
Sa vie eut des chagrins, sa mort a des terreurs.
Que les feux du poison lentement le dévorent!
Vous gémissez, guerriers! Ces larmes vous honorent.
Il a soif!.... Un peu d'eau dans son sein enflammé
Va nourrir les tourmens dont il est consumé.
Il s'agite, se dresse et tombe; son haleine
De son sein, en sifflant, ne s'exhale qu'à peine.

Brisé par la souffrance, il retombe et s'endort.
Ce sommeil serait-il le sommeil de la mort?

Parmi d'épais brouillards poursuivant sa carrière,
Le soleil à nos maux refusait sa lumière.
Le héros, étonné de vaincre le trépas,
Se réveille et s'écrie : « Oui!... Dieu ne le veut pas! »
Il veut que l'univers de ta force s'étonne;
Il place ton exil plus haut que ta couronne.

D'après son vil sénat il juge les humains.
Le sceptre est devenu l'objet de ses dédains;
Il le jette.... A quels maux que le destin le livre,
Puisque le ciel l'ordonne, il se résigne à vivre.

Pourquoi déployez-vous ces poudreux étendards?
Pourquoi cet appareil et d'armes et de chars?
Dans vos rangs négligés règne un morne silence!
Napoléon paraît, des degrés il s'élance :
« Après vingt ans de gloire, à l'instant du malheur,
Je vous trouve, a-t-il dit, fidèles à l'honneur,
Soldats!.... Ma cause encor n'est pas désespérée :
Mais par des factions la France est déchirée,
De la guerre civile on agite les feux;
J'abdique!.... Mes enfans, je pars, soyez heureux;
Je survis à moi-même, et c'est pour votre gloire.

Adieu!.... De nos combats je tracerai l'histoire.
Je m'exile.... Ah! qu'au moins j'embrasse le drapeau. »

Il baise avec respect le glorieux lambeau.
La douleur des soldats éclate par des larmes.
« Dans mes bras, général...*Adieu, compagnons d'armes;
De nous en ces momens soyons encor vainqueurs.
Adieu!.... Que ce baiser passe dans tous vos cœurs! »

* Le général Petit, qui commandait la vieille garde.

TROISIÈME NUIT.

✽

LE RETOUR.

Le 28 février

« Aux postes, matelots ! contenez votre joie ;
Que la voile agitée en virant se déploie.
Ces cordages toujours seront-ils inactifs ?
Au signal du sifflet tenez-vous attentifs ;
Hâtez-vous, secondez une brise opportune.
Courage ! nous portons César et sa fortune. »

L'équipage obéit : sur le flot blanchissant
Le brick léger s'abaisse et s'élève en glissant.
Comme un vautour des mers il vole, il rase l'onde.

Ce silence inquiet, et l'attente profonde
Des soldats sur le pont en groupes désarmés,
Dans les flancs du vaisseau les canons renfermés,
Ces drapeaux.... Où vont-ils? Ils parlent d'espérance.
Ce vieux sergent s'émeut au seul nom de la France;
L'un raconte Wagram, un autre à Champ-Aubert
S'enflamme et montre un sein de blessures couvert;
De ce guerrier qui dort l'ame s'est attendrie;
Une larme s'échappe....; il rêve à sa patrie.

Que vois-je autour du mât? Ce sont leurs généraux,
Leurs nobles compagnons et de gloire et de maux;
C'est Drouot! c'est Bertrand!... D'espoir leur front rayonne;
L'autre attend les dangers et sourit, c'est Cambronne.
Celui-ci, quel est-il?.... qui ne le connait pas?
Demande au Saint-Bernard où sont empreints ses pas,
Demande à Marengo, demande aux Pyramides,
A Moscou, que soumit l'aigle aux ailes rapides,
Aux maîtres de l'Europe instruits par cent revers,
Interroge l'Anglais, demande à l'univers.

Nul ornement royal ne couvre sa poitrine,
Et son front imposant devant qui tout s'incline,
Sous un chapeau sans art s'élève radieux;
Il dicte. La victoire est déjà dans ses yeux.
Aux lueurs des flambeaux dont la flamme vacille,

Dans les contours étroits d'une prison mobile,
Bertrand sur le papier fixe soudain les mots,
Qui s'échappent brûlans de l'ame du héros.

« Français ! la trahison a livré sans défense [1]
Paris et les couleurs que vous rend ma présence.
Mais fûtes-vous jamais si près de dominer
Ce monde où le destin vous appelle à régner,
Que la veille du jour où je perdis l'empire ?
A ces pensers de deuil, quel Français ne soupire !
Je fus inébranlable en de si grands revers ;
Je choisis pour exil un roc battu des mers,
Où, me fiant au sort, je gardais une vie,
Qui devait être encore utile à la patrie !

» Français ! dans mon exil vos cris sont parvenus :
A ce sublime appel je vous ai reconnus.
J'ai trompé sur les flots une escadre ennemie,
Et mon pied touche enfin à votre terre amie.
Ne vous trahissez plus par un lâche abandon.
Français, au repentir amnistie et pardon !

» Et vous dont mes rivaux calomniaient la gloire,
Vous dont chaque journée appartient à l'histoire,
Rejoignez votre chef ; il comprit vos douleurs.
Soldats, l'aigle, debout sur les triples couleurs,

S'élance, fendant l'air de ses ailes de flamme,
De clochers en clochers aux tours de Notre-Dame.
Signez, NAPOLÉON.... — ² Quels titres prendras-tu ?
A dit un vieux soldat. Sire, j'ai combattu,
Quand la France était libre, et que la république,
A l'ombre de ton bras, te nommait l'Italique.
J'ai vu fuir devant nous d'York et les Anglais.
Mais alors que, siégeant en un royal palais,
Tu pris d'assaut le trône, et, prince par toi-même,
Tu ceignis sans effroi le sanglant diadème,
Pleurant, la bêche en main, le naufra⁻ des lois,
Rien ne me consolait, pas même tes exploits.
Un hiver te vainquit, et l'Europe alarmée,
Sur nos sacrés confins s'élança toute armée.
Les alliés en France ! en France l'étranger !
Quand le peuple s'endort en face du danger !
De mes habits guerriers je secouai la poudre,
Et je courus aux lieux où tu lançais la foudre ;
Par tes mains attaché le signe de l'honneur
· Aux champs de Montereau s'agita sur mon cœur.
Le voici ! qu'il m'est cher !.... Au Louvre je le brise,
Si tu règnes sans frein dans la France conquise. »

Napoléon pâlit ; mais son œil irrité,
Par un prompt changement exprima la bonté.
« Mon brave, reprit-il en lui frappant l'épaule,

Mes destins sont écrits ; lève les yeux au pôle,
Vois, mon étoile est là ! J'obéis, comme toi,
Au suprême ascendant qu'elle exerce sur moi.
Attends mes volontés ; va, je chéris la France ;
Ma gloire est aujourd'hui dans son indépendance... »

Le soldat s'éloigna, l'œil humide de pleurs ;
Un seul mot du héros imposait aux douleurs.

NAPOLÉON.

Eh bien ! de ce discours que penses-tu, Cambronne ?

CAMBRONNE.

Sire, ce n'est pas vous que le courage étonne.

NAPOLÉON.

Parlez-moi hardiment, j'aime la vérité.

DROUOT.

Les Français, comme lui, veulent la liberté.

NAPOLÉON.

Sur d'austères vertus le courage la fonde.

DROUOT.

[3] Sire, il ne s'agit plus de soumettre le monde ;
Vous fûtes à deux pas du trône universel,
Par un nouveau chemin rendez-vous immortel.
La France, succombant sous sa gloire guerrière,
Franchit de vos lauriers l'imposante barrière,
Vit de plus près le trône, et réclamant ses droits,
Remet en question la puissance des rois.
Des orateurs, voués à la cause commune,
Combattent les abus du haut de la tribune ;
La vérité circule en d'éloquens écrits,
Et par la liberté tous les Français nourris....

NAPOLÉON.

Drouot, ils ont pour elle un amour platonique.

DROUOT.

Ils ont vaincu pour elle aux plaines de Belgique.

NAPOLÉON.

Que font-ils aujourd'hui ? des rêves insensés,
Et dès qu'il faut agir, tous les bras sont glacés ;
Ils se sont renfermés dans un froid égoïsme.

Comment, lorsqu'à la Bourse ils parlent de civisme,
Peuvent-ils ne pas rire ou trahir leurs dédains,
Comme au Forum jadis les augures romains?
Moi, je les entourais d'un horizon de gloire.
La justice est mon vœu, mon refuge est l'histoire;
C'est là qu'apparaissant à la postérité,
Entouré de mes droits à l'immortalité,
Vengeur de ma mémoire un instant obscurcie,
Des peuples indignés je serai le Messie.
Mon règne parle. Ici se creusent cent canaux;
En d'immenses bassins se pressent mes vaisseaux;
Les sciences à l'homme expliquent la nature,
Étendent l'industrie, instruisent la culture,
Et nous livrent des fruits qu'adoptent nos climats.
Là, j'accrois nos trésors, même au sein des combats;
J'honore les talens; au fond des sept collines,
Rome à ma voix tressaille et sort de ses ruines;
La raison applaudit à d'uniformes lois;
Ma main courbe les monts et trace des exploits
Qui devaient rendre un jour, dans une paix profonde,
La France le chef-lieu de l'empire du monde.
Mes rivaux m'y poussaient.... J'aurais dû.... Les ingrats!
Je leur rendais toujours la paix et leurs États.
Je n'avais qu'un seul but, la gloire de la France,
Et je frappais de haut comme la Providence.
Blâme-t-on le soleil quand ses ardens rayons

Consument quelquefois l'espoir de nos sillons?
Il sert en détruisant, et, seul dans sa carrière,
Nous dispense à longs flots la vie et la lumière.

DROUOT.

L'astre qui nous conduit, Sire, est la Liberté.
Rendez-lui d'un seul mot sa sublime clarté :
On l'obscurcit un jour; mais qui pourrait l'éteindre?
Fils de l'Indépendance, est-ce à vous de la craindre?
Braver le Français libre.... Eh! qui? L'oserait-on?
Vous effaciez César, égalez Washington.

NAPOLÉON.

On perd souvent le peuple en cherchant à lui plaire;
Ce n'est qu'en le servant qu'un prince est populaire;
Si le bronze ennemi contre nous vient rugir,
Faut-il à discuter perdre le temps d'agir?
Les cent bras languissans de votre république
Sauraient-ils arrêter la ligue britannique?
Non, non! ma main de fer, planant sur vos remparts,
Dans Londre enfermera les sanglans léopards;
Et là, coupant le nœud de leurs trames si noires,
J'aurai la paix du monde à force de victoires;
Je veux siéger un jour, Washington couronné,
Dans un congrès de rois par le peuple ordonné.

DROUOT.

Il faut, la force en main, vaincre par les idées.
Redevenez consul ; nos ames, possédées
Du généreux orgueil qui suit la liberté,
Auront jusqu'à la mort un courage indompté.
N'arrêtez plus le siècle et notre essor sublime.
Le peuple, avant les rois, n'est-il pas légitime ?
Ah ! Sire, un tel dessein est aussi grand que vous. »

Le grand homme écoutait sans trouble et sans courroux ;
Il semblait ébranlé d'un si hardi langage ;
Je ne sais quel projet animait son visage ;
Attachant à la mer un œil fixe et rêveur,
Une main sur son glaive, et l'autre sur son cœur,
Il sondait l'avenir ouvert à sa pensée.

Va-t-il, ne relevant que sa gloire abaissée,
Vaincre l'Europe encore, en changer tous les rois,
Ou rendre aux nations leurs infaillibles droits ?
Consul, veillera-t-il à notre délivrance ?
L'ère des libertés commence-t-elle en France [4] ?

Le voile des nuits tombe, et les flots azurés
Reflètent du matin les nuages dorés ;
En mobile réseau la lumière étincelle

3*

Sur l'onde qui toujours fuit et se renouvelle ;
La nature a senti son éternel soutien ;
Napoléon pensif regarde et ne voit rien.
Il conserve long-temps sa rêveuse attitude ;
Ses traits inattentifs peignent l'incertitude.
Terre ! Il semble à ce cri sortir d'un long sommeil,
Il cherche au loin ce bord coloré du soleil.
La terre !... Ses soldats, guéris de leur souffrance,
Se tiennent embrassés en s'écriant : La France !
Des pleurs coulent.... Patrie, amour pur et sacré !
Quel est le cœur d'airain où tu n'es pas entré !
Les cris suivent les cris, l'ivresse accroît l'ivresse ;
Napoléon sortant du groupe qui le presse :
Venez, Bertrand, dit-il, je suis sûr du succès,
Mettez : Napoléon, empereur des Français.

NOTES.

PREMIÈRE NUIT.

---

¹ Et le regard ému se baisse à leur aspect.

Si presque tous nos ennemis ont rendu hommage au courage héroïque de nos armées, on est étonné de voir un écrivain aussi distingué que le célèbre sir Walter Scott s'efforcer, dans ses lettres de Paul, de rabaisser la gloire de nos soldats; ses assertions injurieuses n'ont excité en France que dédain et pitié; il nous a jugés sans nous connaître. Quant à sa relation de la bataille de Waterloo, elle est inexacte, pour ne pas dire davantage; sir Walter Scott a dû pourtant entendre raconter aux officiers anglais que leur armée, battue toute la journée, eût été taillée en pièces sans la faute de Grouchy et l'arrivée de l'armée prussienne vaincue à Ligny.

² Qui vive? a-t-il crié. — France, Napoléon!

Le 29 mars, à dix heures du matin, Napoléon quitta Troyes à cheval; il était accompagné du général Bertrand, du duc de Vicence et de M. de Saint-Aignan. On arriva à minuit et demi à la Cour-de-France, village à quatre lieues de Paris; on

y rencontra les colonnes qui évacuaient la capitale; le général
Béliard, qui marchait à leur tête, apprit à l'Empereur l'issue
de la bataille de la veille. Napoléon en écouta le récit avec
calme et entra dans la maison de poste, où il resta jusqu'à
trois heures du matin.

(*Extrait de la Revue britannique,* juin 1826, n° 12.)

³ Le salpêtre épuisé manquant à sa fureur.

Quelques jours après la bataille de Paris, l'empereur
Alexandre, venant visiter la maison d'Ecouen, me fit l'honneur de déjeuner chez moi. Après lui avoir fait parcourir l'é-
tablissement, je le conduisis dans le parc qui domine sur la
plaine de Saint-Denis; je lui dis : «Sire, c'est de cet endroit que
j'ai vu la bataille. » Il me répondit : « Si elle eût duré encore deux
heures, nous n'avions plus à notre disposition une seule car-
touche; nous avons craint qu'on ne nous eût trompés, car, en
arrivant si précipitamment sur Paris, nos mesures étaient prises
et nous n'avions pas compté sur une aussi grande résistance. »

(*Extrait du Journal anecdotique de* madame CAMPAN.)

⁴ La Seine nous protége en nous séparant d'eux.

Dans la nuit du 30 mars, Napoléon n'était séparé des avant-
postes ennemis que par la Seine.

(*Manuscrit de* 1814, pag. 213.)

DEUXIÈME NUIT.

---

¹ L'étranger de ses murs l'or à la main s'empare.

Monsieur de V..., fonctionnaire impérial, apporta à l'empereur Alexandre, lors du retour de l'ennemi sur Saint-Dizier, où Napoléon l'entraînait par une marche admirable, un billet de T....... qui contenait ces mots : « *Vous pouvez tout et vous* » *n'osez rien. Osez donc une fois!* » Le laconisme de la dépêche était fondé sur la nécessité de la cacher. Aussitôt après, on tint un conseil dans lequel on résolut de marcher sur Paris.

(*Campagnes de 1814 et 1815, par le général* VAUDONCOURT, *tom.* II.)

— Depuis la rupture des conférences de Châtillon, Alexandre avait reçu du sein de Paris même la première communication un peu authentique de la situation réelle de cette capitale.

(BEAUCHAMP, *tom.* II, *pag.* 139.)

— Les alliés, se sentant sur un terrain tout neuf, au milieu d'élémens absolument inconnus, désiraient s'appuyer des connaissances des personnes qu'ils supposaient être les mieux informées de l'état intérieur de la France. MM. de Talleyrand et de Dalberg avaient fixé leur attention.... Quelque peu de titres que je puisse avoir à partager cet honneur, il m'avait été accordé. *On avait poussé l'attention jusqu'à pourvoir à notre avenir*, s'il eût été compromis par les événemens. Nos réunions avec les personnes ci-dessus nommées continuaient et souvent plusieurs fois par jour. Le congrès de Châtillon était notre fléau. Nous n'avons pas laissé passer un jour sans miner, sans ébranler la domination de l'Empereur, et sans chercher ce qu'il fallait lui susciter au jour de sa chute. Les armées françaises se trouvaient interposées entre Paris et les alliés, les communications avec eux étaient de la plus extrême difficulté. Le premier qui ait triomphé des obstacles, fut M. de Vitrolles, et c'est par lui que les ministres des grandes puissances commencèrent à acquérir des connaissances positives sur l'état des affaires intérieures qu'ils ignoraient tout-à-fait.

(*Extrait du Récit historique, publié par* M. DE
PRADT, *sur la restauration de la royauté*,
pag. 30, 31, 32 *et* 47.)

— Les alliés se trouvaient dans un cercle vicieux d'où il leur était impossible de se tirer, *si la défection ne fût venue à leur secours.* Ils étaient hors d'état d'assurer leur retraite, et cependant obligés de s'y déterminer. Cette défection favorable à leur cause, et qui était préparée de longue main, fut consommée au moment même où les succès de Bonaparte semblaient hors du pouvoir de la fortune ; et *le mouvement sur Saint-Dizier, qui devait lui assurer l'empire, lui fit perdre la couronne.*

(WILSON, *sur la Campagne de 1814, pag. 91.*)

² Près de son cœur dormait un poison homicide.

Depuis quelques jours, Napoléon semble préoccupé d'un secret dessein. Son esprit ne s'anime qu'en parcourant les galeries funèbres de l'histoire. Le sujet de ses conversations les plus intimes est toujours la mort volontaire que les hommes de l'antiquité n'hésitaient pas à se donner dans une situation pareille à la sienne ; on l'entend avec inquiétude discuter de sang-froid les exemples et les opinions les plus opposés. Une circonstance vient encore ajouter aux craintes que de tels discours sont bien faits pour inspirer. L'Impératrice avait quitté Blois ; elle voulait se réunir à Napoléon ; elle était déjà arrivée à Orléans ; on l'attendait à Fontainebleau ; mais on apprend de la bouche même de Napoléon que des ordres sont donnés autour d'elle, pour qu'on ne la laisse pas suivre son dessein. Napoléon, qui craignait cette entrevue, a voulu rester maître de la résolution qu'il médite.

Dans la nuit du 12 au 13, le silence des longs corridors du palais est tout-à-coup troublé par des allées et des venues fréquentes. Les garçons du château montent et descendent ; les bougies de l'appartement intérieur s'allument ; les valets de chambre sont debout. On vient frapper à la porte du docteur Yvan ; on va réveiller le grand-maréchal Bertrand ; on appelle le duc de Vicence ; on court chercher le duc de Bassano, qui

demeure à la chancellerie; tous arrivent et sont introduits
successivement dans la chambre à coucher. En vain la curio-
sité prête une oreille inquiète; elle ne peut entendre que des
gémissemens et des sanglots qui s'échappent de l'antichambre
et se prolongent sous la galerie voisine. Tout-à-coup le docteur Yvan sort; il descend précipitamment dans la cour, y
trouve un cheval attaché aux grilles, monte dessus et s'éloigne
au galop. L'obscurité la plus profonde a couvert de ses voiles
le mystère de cette nuit. Voici ce qu'on en raconte :

A l'époque de la retraite de Moscou, Napoléon s'était pro-
curé, en cas d'accident, le moyen de ne pas tomber vivant
dans les mains de l'ennemi. Il s'était fait remettre par son chi-
rurgien Yvan un sachet d'opium *, qu'il avait porté à son cou
pendant tout le temps qu'avait duré le danger. Depuis, il avait
conservé ce sachet dans un secret de son nécessaire. Cette nuit,
le moment lui avait paru arrivé de recourir à cette dernière
ressource. Le valet de chambre, qui couchait derrière sa porte
entr'ouverte, l'avait entendu se lever, l'avait vu délayer
quelque chose dans un verre d'eau, boire et se recoucher.
Bientôt les douleurs avaient arraché à Napoléon l'aveu de sa
fin prochaine. C'était alors qu'il avait fait appeler ses serviteurs les plus intimes. Yvan avait été appelé aussi; mais
apprenant ce qui venait de se passer, et entendant Napoléon se
plaindre de ce que l'action du poison n'était pas assez prompte,
il avait perdu la tête et s'était sauvé précipitamment de Fontai-

---

* Ce n'était pas seulement de l'opium; c'était une préparation indi-
quée par Cabanis, la même dont Condorcet s'était servi pour se donner
la mort.

nebleau. On ajoute qu'un long assoupissement était survenu,
qu'après une sueur abondante les douleurs avaient cessé et que
les symptômes effrayans avaient fini par s'effacer. On dit enfin
que Napoléon, étonné de vivre, avait réfléchi quelques ins-
tans : « Dieu ne le veut pas! » s'était-il écrié ; et, s'abandon-
nant à la Providence qui venait de conserver sa vie, il s'était
résigné à de nouvelles destinées.

(*Manuscrit de* 1814, *par* M. le baron FAIN.)

— Vaincu par la défection, non pas par les armes, Napoléon eut à éprouver tout ce qui peut indigner une grande ame.
Ses compagnons l'abandonnèrent, ses serviteurs le trahirent ;
l'un livra son armée, l'autre son trésor. Ce sénat qui l'avait
tant loué, ce sénat qui, la veille encore, lui fournissait à pro-
fusion des conscrits pour combattre les ennemis, n'hésite pas
le lendemain à se faire le vil instrument de ces mêmes ennemis.

Il paraît qu'au milieu de tant de maux, entouré d'une aussi
hideuse nature, Napoléon, dans l'excès du mépris des hommes
et des choses, eut le désir de quitter la vie. Il existe une lettre
de sa main à l'Impératrice, dans laquelle il dit qu'en ce moment on doit s'attendre à tout, que tout est possible, *même la
mort de l'Empereur,* allusion sans doute au mystérieux événe-
ment de la nuit du 12 au 13 avril qui se serait passé dans le
secret intérieur du palais. Cette circonstance merveilleuse ne
serait pas la moins étonnante de son extraordinaire carrière,
circonstance, du reste, qui ennoblirait jusqu'au sublime et cette
belle parole lors de son réveil inattendu : *Dieu ne le veut pas ;*
et cette noble et calme résignation qui succéda dès cet instant.

(*Mém. de Ste.-Hélène,* tom. VII, pag. 203.)

TROISIÈME NUIT.

---

[1] Français, la trahison a livré sans défense, etc.

J'ai emprunté ici quelques expressions des proclamations de l'Empereur lors de son débarquement à Cannes. Au reste qu'il me soit permis de faire observer, une fois pour toutes, que je parle en historien.

[2] . . . . Quels titres prendras-tu?

« Mes soldats, disait Napoléon, étaient très-libres avec moi :
« j'en ai vu souvent me tutoyer. »
(*Mémorial de Sainte-Hélène*, tom. vi, pag. 175.)

« Napoléon, sur le brick *l'Inconstant*, était entouré de ses
» soldats, qui lui parlaient librement et qui copièrent même
» ses proclamations. »
(Fleury de Chaboulon.)

[3] Sire, il ne s'agit plus de soumettre le monde.

Je me suis efforcé de prêter au général Drouot un langage

digne de son noble caractère. Napoléon, dans les premiers temps de son retour, en 1815, écoutait avec bonté les avis qu'on lui soumettait. Labédoyère lui disait à Grenoble : « Sire, les » Français vont tout faire pour Votre Majesté ; mais il faut » aussi que Votre Majesté fasse tout pour eux. *Plus d'am-* » *bition, plus de despotisme; nous voulons être libres et* » *heureux; il faut abjurer ce système de conquête et de puis-* » *sance qui a causé le malheur de la France et le vôtre.* »

(*Histoire des Cent-Jours*, par FLEURY DE CHABOULON.)

Je pourrais citer bien d'autres faits encore.

⁴ L'ère des libertés commence-t-elle en France?

Napoléon, lors de son funeste retour de l'île d'Elbe, semblait apporter à la nation française une liberté sage et fondée sur des lois immuables, objet de nos vœux les plus chers ; mais la France se vit encore une fois trompée, l'Acte additionnel découragea toutes les âmes généreuses ; le peuple abandonna la cause de Napoléon, et dès-lors elle fut perdue.

FIN.

N'est-ce pas là cette politique ordinaire à tous ceux qui jouissent d'un pouvoir emprunté? Un des moyens de le conserver, c'est de faire qu'on y croie. Le détail où elle entre ensuite avec Junie a un double effet; il fait connaître au spectateur l'ivresse orgueilleuse où s'abandonne Agrippine dans la joie de sa nouvelle faveur, et la profonde dissimulation dont Néron a été capable. Je ne dis rien du style; il est au-dessus des éloges.

> Ah! si vous aviez vu par combien de caresses
> Il m'a renouvelé la foi de ses promesses!
> Par quels embrassements il vient de m'arrêter!
> Ses bras, dans nos adieux, ne pouvaient me quitter.
> Sa facile bonté, sur son front répandue,
> Jusqu'aux moindres secrets est d'abord descendue.
> Il s'épanchait en fils qui vient en liberté
> Dans le sein de sa mère oublier sa fierté.
> Mais bientôt, reprenant un visage sévère,
> Tel que d'un empereur qui consulte sa mère,
> Sa confidence auguste a mis entre mes mains
> Des secrets d'où dépend le destin des humains.

Quelles superbes expressions! et comme elles sont faites pour donner une haute idée de sa puissance!

> Non! il le faut ici confesser à sa gloire,
> Son cœur n'enferme point une malice noire;
> Et nos seuls ennemis, altérant sa bonté,
> Abusaient contre nous de sa facilité.
> Mais enfin, à son tour, leur puissance décline: